LA MER

OU

POÉSIES D'UN MARIN

LA MER.

POÉSIES DIVERSES :

Antienne à ma Pipe, Discours d'un Marin de Quart à la Lune,
Le Peloton, Le *Pot au Noir*,
Le Diable qui bat sa Femme, Le Rève et la Réalité, Le Captif, etc.

CHANSONS :

Le Refrain du Marin, La Vie du Matelot, Le Congé,
Le Vent-Debout, Le Bidon Cassé, Sire *Face-Blême*, *Wistiti*,
Le Chant du Volontaire.
Bon Vin, Fillettes et Tabac, Ma Brunette, Autrefois.

DEUXIÈME ÉDITION

PARIS

CHEZ AMYOT, RUE DE LA PAIX, 8

MARSEILLE, BORDEAUX, LE HAVRE, BREST ET TOULON
CHEZ TOUS LES LIBRAIRES

LA MER

OU

POÉSIES D'UN MARIN

PAR

ÉMILE GUY

DEUXIÈME ÉDITION

PARIS

Chez AMYOT, rue de la Paix, 8

MARSEILLE, BORDEAUX, LE HAVRE, BREST ET TOULON

CHEZ TOUS LES LIBRAIRES

—

1873

OUVRAGES DU MÊME AUTEUR

LE PALANQUIN DU DIABLE ou *le Tour du Monde*, poème, par un *Marin en bonne humeur*.

HYLAS ou le *Poison d'Amour*, conte en vers.

NOUVELLES HEURES DE LOISIR ou *Mélanges poétiques*.

ODES PATRIOTIQUES.

ODES ET CHANSONS RÉPUBLICAINES.

LA TOUR DE BABEL.

LE PRISONNIER ou *Poésies d'un Prévenu*.

LES BUCOLIQUES DE VIRGILE, traduites en vers français.

LE MAL MARIÉ, comédie en un acte et en prose.

LA MORT DE CHILPÉRIC, tragédie en 3 actes.

DAVID ROTHSAY ou *la Tour de Falkland*, tragédie en 5 actes, tirée de l'Histoire d'Écosse.

Marseille.— Imprimerie et Lithographie Senés, rue Montgrand, 36.

LA MER

MA MUSE EN MER

Lorsque tout dort,
Gagnons le port.
Muse légère,
Embarquons-nous.
Les vents sont doux :
Quittons la terre.

Pégase hennit.
Le temps s'enfuit:
Bridons la selle ;
Passons le mors.
Loin de ces bords
Vogue, nacelle.

LA MER.

Mon beau coursier,
Vois-tu briller
La petite Ourse?
A sa clarté,
De ce côté
Conduis ta course.

Nous y voilà.
Arrêtons là.
Ma Muse, embarque;
Zéphyrs, soufflez,
Et dirigez
Ma frêle barque.

Nous démarrons,
Et nous voguons
Sur l'onde pure,
Qui doucement,
En ce moment,
Roule et murmure.

Au firmament
Étincelant,
L'étoile brille,
Et du Berger
Le feu léger
Au loin scintille.

Aux cieux tu luis,
Flambeau des nuits,
Lune argentée,
Et dans la mer
Au flot amer
Es refletée.

Ma Muse alors,
Dans les transports
D'un doux délire,
L'air inspiré,
L'œil égaré,
Saisit sa lyre.

A ses accents
Mêlant ses chants,
D'une voix pure,
Elle peignait
Le vif attrait
De la nature.

Bientôt le jour
Vint à son tour;
La belle Aurore
Quitta son lit,
Et la surprit
Chantant encore.

6 Novembre 1847.
Dans la Mer des Indes.

LA MER

—

La mer est une sirène
Inhumaine,
Au cœur inconstant et léger.
O vous, timide passager,
Craignez son amorce trompeuse.
Découvrons son masque charmant :
Son teint devient livide, et sa bouche hideuse,
Avec un son strident,
Vomit une écume blanchâtre,
Où s'entremêle un sang noirâtre ;
Ses yeux se fixent, effrayants ;
Et sur sa tête, des serpents,
Envahissant sa brune chevelure,
Vont semer la terreur dans toute la nature,
Par leurs sifflements aigus.
La foudre gronde, éclate ; et, dans l'air répandus,
Tous les vents déchaînés luttent de violence.
Le jour s'enfuit,
Et, devançant la nuit,
Les ténèbres au loin, comme d'un voile immense,
Enveloppent les eaux.
Déplorant, mais trop tard, sa triste imprévoyance,
Éperdu, l'imprudent invoque sa clémence,
Et s'abîme au milieu des flots.

Mais le vieux nautonier se rit de ses caresses,
        Aussi bien que de sa fureur.
    Il sait prévoir ses humeurs vengeresses,
            Affronte sans terreur
        Les périls dont elle l'entoure ;
            A longs traits il savoure
    Le doux plaisir de chanter ses revers,
Toujours prudent et calme, au milieu des tempêtes.
Concentrant à regret tous ses dépits amers,
            Après ses honteuses défaites,
        L'œil au guet, et la rage au cœur
            De voir sa colère inutile,
Elle épie, en versant des larmes de douleur,
L'heureuse occasion d'un succès plus facile.

                              5 Février 1846.

LE DÉPART DU MARIN

I.

L'heure a sonné. Le cœur triste, je pars.
Du sort cruel tel est l'arrêt sévère.
Je vais des flots affronter les hasards.
Adieu. Courage, et sois heureux, mon frère.

Thétis commande : il me faut obéir.
Je monte à bord de notre nef légère.

La brise est bonne : il est temps de partir.
Voiles au vent, et vogue la galère !

II.

N'entends-tu pas gronder le lourd canon,
Qui lance au loin sa charge meurtrière ?
N'entends-tu pas retentir le clairon,
Et du tambour la cadence guerrière ?

Vois-tu flotter, à la pomme des mâts,
Des trois couleurs l'ondoyante bannière,
Et le sanglant étendard des combats,
Qui de la gloire ouvre à tous la carrière ?

« A l'abordage ! » ont crié les marins,
Ivres de poudre et pressés à l'arrière.
Sur les deux bords, liés par leurs grappins,
Se livre alors une effroyable guerre.

Mais d'allégresse écoute ces clameurs ;
Vois ces débris flotter sur l'onde amère.
De ces vaisseaux quels sont donc les vainqueurs ?
Auquel vas-tu redemander ton frère ?

III.

Qui vient là-bas ? Quel est cet officier,
A l'œil brillant, au front mâle et sévère,
Qui, d'un pied leste, a gravi l'escalier,
Et court vers toi, tout couvert de poussière ?

Ton cœur tressaille ; en ses bras, éperdu,
Avec transport cet officier te serre.
Est-ce un ami que le Ciel t'a rendu ? —
C'est plus encor.– Qu'est-ce donc ?– C'est mon frère.

Paris, 29 Avril 1848.

LE QUART

—

La nuit silencieuse a remplacé le jour :
Comme elle, sur l'avant, la bordée est muette ;
L'on n'entend résonner, sur la longue dunette,
Que le bruit de ses pas, lents et vifs tour à tour.
Il s'arrête parfois, suspend sa rêverie ;
De son œil vigilant il parcourt l'horizon,
Puis la voûte des cieux, la voilure, le pont,
Et retombe bientôt dans sa mélancolie.

Mais sa bouche s'entr'ouvre et son front s'éclaircit ;
Un sourire adoucit son visage sévère.
Vers le pays natal il porte son esprit,
Et son âme à l'espoir se livre toute entière.
Ou peut-être (qui sait ?) il songe à ses amours,
Et plus jolie encore il croit voir sa maîtresse,
(Loin de celle qu'on aime, on l'embellit toujours,)
Et l'absence importune augmente sa tendresse.

Il interrompt le cours de ses pensers joyeux.
Maintenant, sa figure est grave et réfléchie ;

1*

Sa démarche est plus lente ; il tient fixes les-yeux ;
Des choses d'ici-bas son âme est affranchie.
Hardie, elle s'élance aux champs de l'avenir,
Interroge les cieux, du Zénith au Nadir ;
Mais ses efforts sont vains, folle est son espérance :
Jéhovah des mortels a borné la science.

  Il s'arrête, et contemple avec ravissement
Cette mer inconstante, aujourd'hui sans colère,
Qui doucement murmure autour du bâtiment
Et reflète partout mille jets de lumière,
Du vaste firmament le dôme tout d'azur,
L'étoile scintillante et la lune argentée,
Le sillon lumineux de la *Route lactée*,
Et Vénus, inondant de clarté le ciel pur.

  Alors, du Tout-Puissant implorant la clémence,
Il s'incline humblement devant sa majesté ;
Saisi d'un saint effroi, sondant sa conscience,
Il se voit bien petit, dans cette immensité.
En extase, à l'aspect de la riche nature,
Il retrouve partout la main du Créateur ;
Et, dans son œuvre, il voit éclater sa grandeur,
Dans le vaste univers et l'humble créature.
Alors, il le bénit d'avoir, dans sa bonté,
Fait descendre en notre âme, au jour de la naissance,
Un céleste rayon de sa divinité,
La charité, la foi, l'amour et l'espérance.

  Mais la brise se lève, et le léger penon
Se balance, docile au souffle qui le guide ;

La nuée, en repos naguère à l'horizon,
S'élance, et fend les airs dans sa course rapide.
La voile, à chaque mât, s'arrondit sans effort ;
Sur la crête des flots naît une blanche écume ;
Le navire s'incline et reprend son essor ;
Le marin est debout ; son ardeur se rallume.
  Au loin rêve d'amour, au loin doux souvenir,
Dont le charme puissant pénètre dans notre âme ;
Au loin graves pensers, beaux projets d'avenir :
Sur le pont la manœuvre à l'instant le réclame.

1er Juin 1847.
Dans l'Océan Atlantique.

LA TEMPÊTE

ou

LE CHANT DU MARIN

—

De tes efforts fatiguant la voilure,
Tu fais plier notre haute mâture ;
Froid Aquilon, tu soulèves les eaux,
Et ne connais ni barques, ni vaisseaux.
Sur l'Océan, ne nous sois point contraire ;
Car, au pays, m'attend ma pauvre mère.
Modère, ô vent, ton souffle impétueux.
Ainsi chantait un marin courageux.
  En vain, mêlée au grondement sonore,
Ma faible voix, en ce moment, t'implore.

Docile agent du roi de l'univers,
Exécutant, sur la face des mers,
Lois et décrets immuables et sages,
Lorsque dans l'air tu chasses les nuages,
Tu ne peux rien hélas ! à tous mes vœux.
Ainsi chantait un marin courageux.

    A tes fureurs opposant la prudence,
Tu nous as vus, préparés à l'avance,
Serrer la voile et prendre tous les ris,
Et l'ouragan ne nous a point surpris.
Mon bâtiment, le jouet de l'orage,
Roule, s'incline et bondit au tangage.
Le ciel se vêt d'un manteau ténébreux.
Ainsi chantait un marin courageux.

    L'éclair jaillit : (trop courte est sa lumière !)
J'entends gronder le menaçant tonnerre,
Qui se prolonge en lointains roulements ;
Et l'eau du ciel, qui tombe par torrents,
Fouette, en sifflant, mes mains et ma figure.
Oh ! c'est alors que la sombre nature
Offre un aspect sublime autant qu'affreux.
Ainsi chantait un marin courageux.

    J'entends briser les lames mugissantes,
Montagnes d'eau sans cesse renaissantes.
D'un seul regard j'embrasse l'Océan,
Reste insensible aux fureurs de l'autan,
Et, du poète éprouvant le délire,
Tire, inspiré, des accords de ma lyre,

A la merci des flots tumultueux.
Ainsi chantait un marin courageux.
   Perçant la nue, un rayon de lumière
Vient ranimer et consoler la terre ;
L'onde s'apaise, et l'Aquilon se tait ;
L'orage enfin s'éloigne et disparaît.
Voiles au vent ! Voguons vers la patrie.
Vous qui des flots arrêtez la furie,
Soyez béni, puissant maître des cieux.
Ainsi chantait un marin courageux.

15 Novembre 1847.
Dans la Mer des Indes.

L'ÉTOILE FILANTE

—

Passant rapide, au haut des cieux,
Comme le plaisir, sur la terre,
Aux beaux temps, tu frappes nos yeux
D'une fugitive lumière.
Comme l'éclair, tu disparais,
Plus prompte encore et plus brillante,
Suspends un peu ta course errante ;
Du monde dis-moi les secrets.

Toi qui des cieux, dans ta carrière,
Vois de près les mille beautés,

L'astre qui féconde la terre,
Et ces innombrables clartés,
Si distantes de notre sphère ;
Apprends-moi quel est le destin
De chaque étoile, feu divin,
Qui, durant les nuits, nous éclaire.

Dis-moi si le maître du ciel
Mit des mortels en ces planètes,
Qui, traçant un orbe éternel,
Roulent au-dessus de nos têtes.
Dessille mon faible regard,
Et découvre-moi ce mystère :
L'âme, en notre corps prisonnière,
Ne le peut percer nulle part.

Pourquoi d'un voile impénétrable
S'enveloppe, pour les humains,
Ce Dieu, cet être inexprimable,
Qui les façonna de ses mains ?
Pourquoi de notre intelligence
Avoir limité les efforts ?
Pourquoi nous ouvrir les trésors
Du génie et de la science ?

Peins-moi, si ce n'est l'avenir,
L'incompréhensible nature.

Fais taire le léger zéphyr ;
Oh! parle-moi, je t'en conjure.
Décris-moi tout ce que tu vois
Dans le bienheureux empirée,
Du haut de la voûte éthérée.
Parle enfin ; réponds à ma voix.

Tu restes muette, cruelle ;
Tu fuis et disparais au loin ;
Et mon œil, *Étoile* si belle,
A te suivre s'épuise en vain.
Dans l'incertitude et le doute
Il faut flotter jusqu'à la mort ;
Ignorant des décrets du sort,
Il me faut poursuivre ma route.

9 Novembre 1847.
Dans la Mer des Indes.

L'OCÉAN

—

Lorsque le bâtiment vogue majestueux,
Sur le vaste Océan j'aime à fixer les yeux.
Mon cœur s'échauffe alors, et mes doigts sur la lyre
Modulent, frémissants, les accords qu'il m'inspire.
  Puis mes regards émus, tantôt portés aux cieux,
Et tantôt sur l'abîme aux formes grandioses,

Cherchent dans l'infini l'auteur de toutes choses,
Dieu, qui par un seul mot, fécond, mystérieux,
Mit entre l'Amérique et le vieil hémisphère
Cette mer sans limite, immuable barrière,
Où Colomb, le premier, après de longs travaux,
En un monde inconnu conduisit ses vaisseaux.

Cette mer inconstante et toujours agitée,
Jusqu'en ses profondeurs par l'homme visitée,
Qui vient sur notre sol se briser en fureur,
Par ses mugissements sème au loin la terreur,
Et porte trop souvent jusque sur nos rivages,
Fière, de son courroux d'horribles témoignages;
Gouffre, tombeau fatal pour tant de malheureux,
Théâtre de combats acharnés, désastreux,
De sublimes exploits burinés par l'histoire,
De meurtre et de carnage, et d'immortelle gloire;
Où des navigateurs habiles, valeureux,
Ont à leurs descendants acquis un nom fameux,
Couvrant en même temps une heureuse patrie
D'un éclat, digne fruit de leur brillant génie.

Cette mer, l'instrument de tant d'ambitions,
Traversée en tous sens par tant de nations;
Où passent tour à tour l'humble *missionnaire*
Au dévoûment pieux, rempli d'un zèle austère,
Allant porter au sein de sauvages tribus
La morale divine, et les belles vertus
Dont Jésus-Christ donna de si parfaits exemples,
En églises changer tous leurs profanes temples,

Les convertir au Dieu qui mourut sur la croix,
Ou périr, condamné par leurs sanglantes lois;
Le hardi *capitaine*, et son profond navire
Qu'un avide armateur, à grands frais, fit construire,
Gémissant sous le poids dont il est surchargé;
L'infortuné *banni*, morne, découragé,
Dont les yeux sont toujours tournés vers la patrie;
Et le vil *déporté*, qui, dans l'Océanie,
Expiant les desseins que le vice a conçus,
Va terminer des jours par le crime tissus.

C'est au milieu des mers, à l'île Sainte-Hélène,
Qu'a péri lentement, victime de la haine,
Un héros, fils de France, hardi triomphateur,
De l'Europe dix ans le maître et le vainqueur,
Et qui, doué par Dieu d'un immense génie,
Couronna de lauriers le front de sa patrie.
Océan, instrument des volontés du sort,
Tu le portas vivant, et le reportas mort.

Dirai-je aussi le nom d'immortelle mémoire,
Inscrit, dans notre siècle, au temple de la gloire,
D'un amiral français (1), fameux navigateur,
Qui, bravant les périls, le froid et ta fureur,
Osa porter ses pas vers les pôles du monde
Et la dernière côte où va briser ton onde?

A l'aspect de la mer, le cœur se sent plus fort,
Subissant le pouvoir d'un insensible effort,

(1) Dumont d'Urville.

Au sein de l'infini l'âme vole, éperdue ;
De la sphère éthérée elle fend l'étendue,
Monte, sur l'aîle d'or de la Religion,
Jusqu'au sommet des cieux ; (splendide région,
Où trône l'Éternel, entouré de ses Anges,
Qui, dans leurs saints concerts, célèbrent ses louanges,)
Et, durant un instant ineffable, pieux,
Écoute la Nature aux bruits harmonieux.

> Avril 1845.
> *Dans l'Océan Atlantique.*

SAINTE-HÉLÈNE

ou

NAPOLÉON

A son enfant disait un vieux nocher :
« Vois-tu, mon fils, cet aride rocher
« Dont les sommets se perdent dans la nue.
« Ile maudite et longtemps inconnue,
« Ensevelie au sein de l'Océan ?
« Là se complaît le redoutable autan ;
« L'impur brouillard, empestant l'atmosphère,
« D'un lourd manteau couvre en tout temps la terre.
  « De ce rocher Sainte-Hélène est le nom.
« Il est paré d'un funeste renom.

« Là, mon cher fils, d'une lente agonie,
« Mourut, un jour, un homme de génie.
« Là, dans les fers des enfants d'Albion,
« J'ai vu souffrir le grand Napoléon,
« Ce Corse ardent, brillant foudre de guerre,
« Qui, dans le monde, a dominé naguère.
  « C'est qu'au génie un divin créateur
« Attache aussi l'implacable malheur !....
« Une immortelle et douce récompense
« Attend celui qui connut la souffrance !...
« Le conquérant, vainqueur des nations,
« N'est point exempt du joug des passions !...
« Six ans d'exil et d'affreuse misère,
« Napoléon, furent ta part, sur terre.
  « Il étouffait, dans sa morne prison,
« Et la douleur accablait sa raison.
« Un général partagea sa fortune :
« Fidèle ami, d'une âme peu commune,
« Il adoucit l'instant de son trépas,
« Quand ce héros expira dans ses bras,
« Chez les Anglais, grâce à leur barbarie,
« Léguant sa gloire à sa belle patrie.
  « Vingt ans, mon fils, sur ces funestes bords,
« De ce grand homme a reposé le corps.
« Longtemps, on vint, comme en pèlerinage,
« A son tombeau, creusé sur ce rivage.
« Un jour enfin, par un arrêt du sort,
« Un fils de roi l'emporta sur son bord ;

« Et, sous un dôme, aux rives de la Seine,
« Gît désormais l'illustre capitaine. »

9 Décembre 1847.
En rade de James-town (Ste-Hélène).

LE CAP DE BONNE-ESPÉRANCE

Toi qu'a chanté jadis le divin Camoëns,
Oserai-je, après lui, t'évoquer sur ma lyre ?
Venez, Muse, affermir mes trop débiles mains ;
Inspirez à mon âme un sublime délire.

　　Quand Vasco de Gama, mortel audacieux,
Apparut dans tes mers sur un frêle navire,
En vain tu soulevas les vagues jusqu'aux cieux,
En vain tu déployas la fougue de ton ire.
Par son noble courage électrisant les siens,
Calme, il prêtait l'oreille au bruit de la tempête ;
Il s'enivrait d'audace, et, bravant les destins,
Fier, debout sur le pont, il relevait la tête.

　　Cependant, fatigué de tourmenter les flots
Et du sort respectant l'arrêt irrévocable,
Tu regagnas la rive et ton lit de roseaux,
En jurant aux humains une haine implacable.

　　Depuis lors, l'œil au guet, fidèle à tes serments,
Veillant, à l'horizon, le navire qui passe,
Tu conjures l'orage, et, déchaînant les vents,
Agites de tes mers la houleuse surface.

Depuis lors, tour à tour, l'indolent Portugais,
L'industrieux Batave et l'orgueilleux Ibère,
Le Français généreux et le stoïque Anglais,
Franchirent cette étrange et terrible barrière.

Tantôt c'est La Peyrouse, un compas à la main,
Mendana, Vancouver, et Cook ou Bougainville;
Tantôt c'est l'immortel et courageux Suffren,
Ou De La Bourdonnais, D'Estaing, Dumont d'Urville.
Tantôt c'est le corsaire intrépide et bouillant;
Tantôt d'un armateur la flotte pacifique,
Qui vogue avec lenteur à travers l'Océan
Et porte les produits de l'Inde et de l'Afrique.

Je lis dans l'avenir. — Que vois-je? — Le marin,
Délaissant pour jamais tes funestes parages,
Sur un canal profond s'ouvre un nouveau chemin.
La puissante vapeur abrége ses voyages.
A peine si parfois l'avide négrier,
Et le navigateur allant en découverte,
Et, pêcheur patient, le hardi baleinier,
Daignent voguer encor sur ta côte déserte.

Déposant ta colère et tes longues fureurs,
Au milieu des roseaux tu te caches sans doute,
D'un attrayant repos savoures les douceurs,
Et les laisses, surpris, poursuivre en paix leur route.

21 Novembre 1847.
En doublant le Cap de Bonne-Espérance.

LES FUREURS DE LA MER

N'est-il pas beau, marins, du pont d'un bâtiment,
De contempler le flot qui déferle en grondant,
Et fait au loin jaillir une écume blanchâtre,
Sur l'Océan, partout menaçant et noirâtre,
Et d'entendre l'autan, qui vient avec fracas
S'engouffrer dans la voile, et fait courber les mâts ?
Semblable à l'albatros au séduisant plumage,
Traçant sur l'onde amère un large et blanc sillage,
Le navire incliné prend un rapide essor,
En dépit de la mer heurtant contre son bord.

Mais le ciel s'obscurcit ; une clarté douteuse
A remplacé le jour, funeste et ténébreuse ;
Des nuages épais, poussés par l'aquilon,
S'amoncèlent partout, pressés à l'horizon.
Alors, avec terreur, on entend la mâture
Gémir, et s'ébranler jusqu'en son emplanture ;
Et, sous l'effort des flots qui brisent sur l'avant,
Le bâtiment, qui roule et tangue incessamment,
Craquer, comme un vieux tronc qui menace ruine.

Malheur ! malheur alors, si, pareil à la mine
Qui soudain sous les pieds dérobe un sol mouvant,
S'allume l'incendie, au progrès effrayant.
Par la flamme aussitôt la voile est envahie.
Quel sort affreux ! périr, si loin de la patrie,

En proie au désespoir, dans un triste abandon,
Abîmé, tout meurtri, dans un gouffre sans fond !
    Malheur ! si le vaisseau, le jouet de l'orage,
Par l'autan furieux poussé vers le rivage,
Vient toucher sur un roc, asile du trépas,
Et, d'un coup de talon, s'y fendre avec fracas :
Partout s'étend la mort, cruelle, inévitable.
    Mais aussi, quand le vent fougueux et redoutable
Apaise les élans d'un souffle impétueux,
Que le ciel se dégage, et qu'un jour radieux
Par degrés a fait place aux ténèbres horribles,
Après avoir bravé des dangers si terribles,
Qu'il est doux de revoir l'azur du firmament,
De contempler la mer, qui, par enchantement,
Encore un peu houleuse et beaucoup moins profonde,
Paraît avoir calmé le courroux de son onde,
Et laisse distinguer un lointain horizon,
Où disparaît la nue et se tait l'aquilon !

5 Décembre 1846.
Dans l'Océan Atlantique.

LES FLOTS

OU

L'IMAGE DE LA VIE

—

Le vent, souffle mystérieux,
Étrange enfant de la nature,
Enfle la voile, impétueux,
Et fait plier notre mâture.

Entendez-vous gronder les flots
A l'entour du frêle navire ?
L'Océan soulève ses eaux :
Compagnon, redoutez son ire.

Mais, dans votre témérité,
Vous vous jouez de sa furie.
Tremblez, ami, d'être jeté,
Mourant, au sol de la patrie

Il est terrible en sa fureur,
Implacable dans sa vengeance ;

Souvent il sème la terreur
Sur les rivages de la France.

Le flot brise contre le bord ;
Sur lui-même roulant sans cesse,
Impuissant, il menace encor
L'homme qui sous son joug le presse.

Voyez-vous l'écume jaillir,
Sur tout l'horizon circulaire,
Et la mer houleuse blanchir,
Tomber, se relever altière ?

Réfléchissant l'azur des cieux,
Hier, ses ondes transparentes
Attiraient et charmaient les yeux,
Par mille grâces attrayantes.

Hier, autour du bâtiment,
Ondulant, et paisible et pure,
La mer murmurait doucement ;
Elle embellissait la nature.

O capricieux élément,
Inconstant, bizarre et volage,

Hier, tu calmis (1) un moment ;
Ce jour, tu déchaînes ta rage.

Tel est notre sort ici-bas ;
Et, par le Destin asservie,
Dans le repos ou le fracas,
Telle s'écoule notre vie.

4 Novembre 1847.
Dans la Mer des Indes.

(1) Calmir, devenir calme (terme de marine).

POÉSIES DIVERSES

ANTIENNE A MA PIPE

Ma pipe chère,
Lorsque j'éclaire
Tes humbles feux,
Je suis joyeux.
Fillette sage,
Au doux visage,
Au minois frais,
A plus d'attraits;
Mais, plus fidèle
Que notre belle,
Au riche, au gueux,
Au malheureux,
A l'homme en blouse,
Sur la pelouse,

Sur le gazon,
A la maison,
Au bois, en ville,
Partout utile,
A tes amants,
En tous les temps,
Tu plais, ma chère,
Et sur la terre,
Avec honneur,
Par ta douceur,
Règnes chez l'homme.
On te renomme,
On te chérit,
On te sourit,
Et, seule, on t'aime
Oh ! *pour toi-même.*

Esprit ailé,
Demi-voilé
Mon œil tranquille
Te suit docile,
La nuit, le jour,
Au beau séjour
Des heureux Songes,
Riants mensonges;
Lorsque dans l'air
Monte et se perd
Blanche fumée,
Inanimée,

Qu'avec lenteur,
Avec bonheur,
Ma bouche exhale.

. . . .

Trois fois Allah !
Gloire ! hosannah !

28 août 1848.

DISCOURS

D'UN MARIN DE QUART A LA LUNE

—

Phébé, vous nous faites faux-bond :
J'irai m'en plaindre à votre père.
Quoi ! votre frère le beau blond
Tout le jour éclaira la terre,
Tout le jour son soleil a lui,
Égayant, charmant la nature,
Et vous refusez aujourd'hui
Votre lumière douce et pure !
    Malgré la réputation
Qu'à tort, parmi nous, l'on vous donne,
Belle dame, je vous soupçonne
D'être au chevet d'Endymion.
Je ne vous blâme d'être tendre ;
Mais du moins vous pourriez attendre,

Pour lui témoigner votre amour,
Qu'Aurore à la main si jolie
Ait ouvert les portes du jour.
Alors, allez dans Idalie,
Ou sur l'Ida, voir votre amant,
Cela m'est certe indifférent.
    Mais ne soyons pas trop sévère :
Je pardonne, pour cette fois.
Je ne veux pas du Roi des Rois
Vous faire encourir la colère ;
Car, s'il faut croire le dit-on
Et tous les récits de la Fable,
Quand il s'y met, il n'est pas bon,
Bien qu'amateur du sexe aimable.
Promettez-moi donc seulement
D'être exacte dorénavant.

31 Octobre 1847.
En vue de l'île Bourbon.

LE PELOTON

ÉPÎTRE

—

. . . .

Pour une simple négligence,
Plus légère est la pénitence ;
Et le matelot paresseux,

Quand on a battu la retraite,
Subit, au pied de la dunette,
De *peloton* une heure ou deux. —
De peloton ! m'allez vous dire ;
Mais nous ne savons ce que c'est. —
Aussi, vais-je vous le décrire,
Mes chers amis, en quelques traits.
    Sachez donc que, la bouche close,
Debout, il faut faire une pose
D'un plus ou d'un moins long moment,
Selon la cause et le causant.
Il faut tenir la tête haute,
Les mains le long de chaque côte.
Vous êtes libre, après cela,
De transporter de-çà de-là
Votre vagabonde pensée
Vers une épouse ou fiancée,
Dans le passé, dans l'avenir,
Aux cieux, du zénith au nadir.
De notre Europe en Amérique,
Ou d'Océanie en Afrique.

. . . .

31 Mars 1845.
Dans l'Océan Atlantique.

LE POT AU NOIR

—

Diable ! aujourd'hui, quelle terrible ondée !
Nous traversons le fameux *Pot au Noir* (1) ;
On est forcé de s'en apercevoir :
Je sens déjà ma capote inondée.

Tombe, eau du ciel, à verse, par torrents ;
Vents, faites rage ; allez ! je vous défie :
Tous vos efforts resteront impuissants,
Pour m'ébranler dans ma philosophie.

D'ailleurs, *Chronos* (2), au nez de capucin,
Aux cheveux blancs, aux pommettes saillantes,
Poursuit sa course, et, sa faux à la main,
Bat toujours l'air de ses ailes puissantes.

Quoique le quart semble dix fois plus long,
Du même pas pourtant l'heure s'avance ;
Au temps prescrit, la cloche, sur le pont,
Nous marquera l'instant de délivrance.

(1) Les marins ont donné ce nom burlesque à la partie de l'Océan Atlantique comprise entre le 10ᵉ degré de latitude nord et la ligne équinoxiale,
parages fort pluvieux, et où, par suite, le ciel est souvent noir comme dans
un four ; d'où l'allusion au *pot de la peinture noire.*
(2) Nom donné au *temps* dans la mythologie grecque.

Jeune, robuste, et narguant vent et flots,
Par mes refrains je charme ma misère ;
Loin du pays, à la merci des eaux
Je m'abandonne ;.... et vogue la galère !

12 juin 1847.

UN POSTE D'ASPIRANTS

ÉPÎTRE

—

· ·

Figurez-vous un long quadrilatère,
Que nuit et jour la pâle *lampe* éclaire,
(Car le *hublot* compte à peu près pour rien ,)
Où l'habitant non Lilliputien
Doit, en marchant, toujours baisser la tête.
· ·

La *table* en chêne, énorme, envahissante,
Que, grâce à Dieu, l'on démonte aisément,
De ce séjour est l'unique ornement.
C'est là qu'assis sur des *pliants* en toile,
Qu'on soit en rade ou que l'on soit sous voile,
On mange, on boit, on crie, on chante, on rit.
· ·

Auprès du poste, au centre du navire,
Quand le soleil pour nous cesse de luire,
Nos matelots suspendent ces longs sacs,
Lits bien connus sous le nom de *hamacs*.

2*

Grâce à notre âge, aux quarts de la journée,
Nous y goûtons les douceurs de Morphée,
Pour un moment exempts de tous soucis,
En nous berçant mollement au roulis.
Là, mon ami, de doux, d'aimables songes
Viennent souvent par de riants mensonges
Charmer un court mais solide sommeil.
Pourquoi faut-il que suive le réveil !

. . . .

1er Mai 1846.
Dans la Méditerranée

RÊVERIES D'UN MARIN

ÉPÎTRE

—

Non, celui qui jamais n'entreprit de voyages
Ne peut se figurer
Comme il est doux, en de lointaines plages,
De se remémorer
Le temps heureux passé dans sa patrie,
Sa demeure chérie,
Ses plaisirs, ses amours,
Ses amis, que peut-être on laisse pour toujours,
Sa bonne et tendre mère,
Et son excellent père,
Qui seront maintenant
Tristes et plongés dans la peine,

En entendant mugir le vent
Et gronder la foudre en la plaine.
C'est ainsi qu'au milieu des flots,
Tandis que mollement glisse notre corvette,
Inspiré par la nuit, le murmure des eaux,
Où brillant se reflète
L'astre du firmament,
Je m'abandonne doucement
A mes vagabondes pensées.

. . . .

O sincère et fidèle ami,
A la brise légère et qui fuit vers la France,
A l'hirondelle heureuse, et qui dans l'air s'élance
Pour aller regagner son nid,
Je confie, en secret, mes vœux et ma tendresse.
Que ses cris d'allégresse,
Et cette molle brise, à la douce fraîcheur,
Soient pour toi l'écho de mon cœur.

27 Avril 1846.
Dans la Méditerranée.

L'ILLUSION

—

O gracieuse Illusion,
Don charmant de la Providence,
J'aime ton heureuse influence,
Et l'agréable vision,

Dont parfois tu berces notre âme.
Au feu de ta joyeuse flamme,
Souvent j'ai réchauffé mon cœur,
Qu'avait glacé le souffle du malheur.
Aimable sœur de l'Espérance,
La pâle et cruelle Souffrance
Se détourne de ton chemin.
Un frais bouquet est dans ta main,
Et le sourire est sur ta bouche.
Loin de tes yeux, l'Envie, au cœur sec, à l'œil louche,
Se cache en d'affreux souterrains.
Les cieux autour de toi s'offrent toujours sereins.
Sous tes pas, la fleur, plus brillante,
Émane un parfum odorant ;
Et la fauvette, sémillante,
Et le rossignol, soupirant,
Chantent dans les airs tes louanges,
Imitant le concert harmonieux des Anges.
Thétis vient mollement te caresser les pieds,
De son onde calmée,
Quand tu parais sur la rive embaumée.
Les hardis nautoniers,
Sur leur nef qui bondit par l'aquilon poussée,
Comme une déesse des mers,
T'appellent sur les flots amers,
Pour embellir leur traversée.

12 Septembre 1846.
Dans la Mer des Indes.

LE SOUVENIR

—

Doux compagnon de l'homme, aimable Souvenir.
Tu nous berces depuis l'enfance
Jusqu'à l'âge où nous fuit la riante espérance,
Où s'éteint le brûlant désir.

Jetant un voile épais sur nos douleurs sans nombre,
Nos afflictions et nos maux,
Ta bienfaisante main, qui se cache dans l'ombre,
Allége ces pesants fardeaux.

A notre esprit charmé tu présentes sans cesse
Nos trop courts instants de bonheur,
Et l'image de la tendresse,
Qui, jusqu'en ses replis, réjouit notre cœur.

Tu raccourcis l'heure d'absence,
Mystérieux agent de la Divinité,
Et verses dans notre âme, en proie à la souffrance,
Le baume de l'humanité.

Sois béni, pour le bien que tu fais sur la terre,
Toi qui, sans partialité,
Rassembles au foyer de ta flamme légère
La Richesse et la Pauvreté.

3 Novembre 1847.
Dans la Mer des Indes.

LE DIABLE QUI BAT SA FEMME

—

Allons ! le *Diable* est en colère :
Comme un brutal, en vérité,
Il bat son épouse *Astarté*,
Et nous, pauvres humains, sur terre,
Nous pâtissons de ce courroux ;
Car, tandis que pleuvent les coups
Sur la Diablesse ménagère,
L'eau du ciel, tombant par torrents,
Inonde ma rue solitaire.
Au diable soit le vilain temps !
Le blond Phébus, hier encore,
Resplendissait au firmament,
Pendant que la charmante Flore,
Sous son rayon vivifiant,
Semblait s'épanouir heureuse ;
Aujourd'hui, revêtu de deuil,
Semblable à la triste pleureuse
Qui jadis suivait un cercueil,
Soudain, il a voilé sa face
Et répandu sur la surface
De la commerçante cité
Une ténébreuse clarté,
En me voyant dans ma chambrette,
Près du feu, tranquille, à l'abri,

De l'averse d'abord j'ai ri.
Bientôt, ma pensée inquiète.
Reporta ma vue au dehors :
Et, triste, je plaignis alors
Le *marin*, qui, sur son navire,
Faisait le quart, avec ce temps ;
Et le *laboureur*, qui soupire,
L'œil morne, contemplant ses champs,
Du seuil de sa pauvre chaumière ;
Et le pédestre *voyageur*,
Qui, dans un chemin tout ornière,
Forcé d'aller avec lenteur,
Maudit la route, le voyage,
Et cherche, le sac sur le dos,
Grelottant, trempé jusqu'aux os,
Un asile pendant l'orage.

Mais, patience ! tout finit.
Le ciel par degrés s'éclaircit.
Voici que, dégageant sa tête,
De ses rayons Phébus s'apprête
A sécher le sol inondé ;
Et le Diable, raccommodé
Avec son aigre ménagère,
Pour achever de l'apaiser,
Cimente par un gros baiser
Une paix, sans doute, éphémère.

Marseille, 20 Mars 1847.

LE RÊVE ET LA RÉALITÉ

—

Qui de nous, en son existence,
(Et cela, depuis son enfance,)
Jouet de quelque vision,
Ne s'est bercé d'illusion,
Esprit subtil, insaisissable,
Qui voltige à l'entour du cœur,
Semblable au feu-follet trompeur ?
Qui n'a charmé d'un rêve aimable
Son esprit sans cesse inquiet ?
Qui de nous (au moins en secret)
N'a fait des châteaux en Espagne ?
Puis, quand notre tête, à loisir,
A, sur les ailes du plaisir,
Çà et là battu la campagne,
Se montrent la réalité
Et la déception amère,
Avec la triste vérité.
L'œil ébloui par la lumière,
Notre âme s'éveille en sursaut.
Soudain, le voile se déchire ;
La raison succède au délire,
Et chacun tombe de son haut.
　Ainsi le veut notre nature.
Ainsi le poisson imprudent

Mord à l'hameçon qu'on lui tend.
Ainsi la vierge belle et pure
Rêve un mari tendre et constant :
Elle épouse un indifférent,
Qui la néglige et la délaisse.
Celui-ci rêve la richesse
Et le confortable des grands :
En partage il a la misère.
Ceux-là, sensuels et gourmands,
Rêvent bon vin et bonne chère :
C'est à peine s'ils ont du pain.
L'un rêve un ami franc, fidèle ;
Et, s'il tombe dans le besoin,
Adieu l'amitié fraternelle.
Cet autre, sensible à l'excès,
Rêve des amours pleins d'attraits ;
Et son amante est inhumaine.
Enfin, souvent la gent humaine,
Ici-bas, rêve le bonheur,
Et n'y trouve que le malheur.

Marseille, 4 décembre 1848.

LA MORT D'UN HOMME DE BIEN

—

Partout la Mort attend l'homme au passage,
Et, du Seigneur exécutant l'arrêt,

D'un pôle à l'autre, à toute heure, apparaît.
Elle est partout, sous un nouveau visage.
Sa faux tranchante, en ses puissantes mains,
Seule, ici-bas, nivelle les humains.

L'infatigable messagère,
Albrand, de ton logis a donc franchi le seuil.
Hier, plein d'une espérance hélas! trop mensongère,
J'accourais, souriant, et j'y trouvai le deuil.
Après une courte agonie,
Ton âme monta vers les cieux.
Ta vie, en bas, était finie,
Et commençait, au séjour des heureux.

Depuis peu, l'amitié sincère
Unissait du plus doux lien
Nos cœurs qui s'entendaient si bien,
Et déjà je t'aimais en frère.

Tu nous as précédés là-haut ;
Mais, comme la tienne, immortelle,
Aux sources de vie éternelle
Mon âme t'y joindra bientôt.

Oui, bientôt ; car le temps s'écoule
Et fuit avec rapidité,
Jusqu'à ce qu'il arrive et roule
Au gouffre de l'Éternité.

Marseille, 13 avril 1850.

LE CAPTIF

ÉLÉGIE

—

I. — LE CAPTIF

Le Malheur au sombre visage
Entraîne partout après lui,
Durant son incessant voyage,
La Douleur et le pâle Ennui.
Le voici qui frappe à la porte
De mon humble et calme réduit,
Et sans relâche il me poursuit,
Avec sa trop fidèle escorte.

Il atteint, de son bras fatal,
Tous ceux que j'aime sur la terre.
Tremblez, amis: l'Esprit du Mal
Est terrible, dans sa colère.
Ployez humblement, sous ses coups;
Comme un roseau dans la tempête,
Il faut bien bas courber la tête,
Oh oui, bien bas, entendez-vous?

Plus cruel que l'oiseau de proie,
Il a pris mes biens les plus chers,

Et sa main a forgé mes fers ;
Il a banni la douce joie
Qui jadis, en mes heureux jours,
De concert avec les amours,
Charmait ma vie à son aurore,
Comme un ciel que Phébus colore.

Ah ! rendez-moi la liberté,
Vous, puissants et grands de la terre ;
Dussé-je, au prix de la misère,
Racheter ma captivité.
Laissez-moi, rempli d'allégresse,
Quitter ce ténébreux séjour,
Et dans les bras de ma maîtresse
Goûter les charmes de l'amour.

Mais ma voix se perd, impuissante,
Aux profondeurs de ma prison ;
Et, dans un étroit horizon,
Ma vue incertaine et tremblante,
A travers les barreaux épais,
Cherche en vain la belle nature,
Si féconde et pleine d'attraits,
L'onde limpide et la verdure.

II. — LA LIBERTÉ

Que veut cet homme aux nobles traits,
Dont le front, courbé vers la terre,

Porte l'empreinte des regrets,
D'une douleur profonde, amère ?
Pourquoi porte-t-il vers les cieux
Un œil où se peint l'ironie ?
Sans doute, un rival envieux
Opprima son mâle génie ?.....

Sans doute, en sa première ardeur,
La trahison d'une maîtresse
A sur ses yeux et sur son cœur
Tendu ce voile de tristesse ?.....
Loin des palais aux lambris d'or,
Le travail, joint à la misère,
A plissé son front, jeune encor.
Que veut-il, ce fils de la terre ?

Ce que demande l'humble fleur,
Qui, sur sa tige languissante,
Dans le salon d'un amateur,
Voit pencher sa tête charmante.
Ce que demande le coursier,
Qui mord, en écumant, sa bride,
Se cabre sous son cavalier
Et maudit la main qui le guide.

Ce qu'ils demandent ?..... mais c'est l'air,
C'est l'astre qui répand la vie,

Plus brillant encor que l'éclair ;
C'est le ciel et son harmonie,
Son dôme inondé de clarté.
Ce qu'ils veulent?.... c'est la nature,
Avec son manteau de verdure.
Ce qu'ils veulent?..... la LIBERTÉ.

III. — LA MUSE DU CAPTIF

O Muse, dans mon infortune,
Je te retrouve à mon côté.
Tu ne peux, douce déité,
Changer l'arrêt de la Fortune ;
Mais, aussi fidèle toujours,
Dans les bons et les mauvais jours,
Puisant au trésor de tendresse,
Tu consoles ton protégé,
Qui, par ta bouche encouragé,
Bannit amertume et tristesse.

Du sort je brave les fureurs,
Sous ton égide protectrice.
Mon aimable consolatrice,
Ta main daigne essuyer mes pleurs ;
Et de ton attrayant visage,
Qui du Bonheur me peint l'image,
Mes yeux, animés par l'amour,
Avec un charme inexprimable,

Un plaisir indéfinissable,
Suivent le séduisant contour.

Comme la terre, après l'orage,
Souriant à l'astre du jour,
Changeant de face tour-à-tour,
Offre un plus riant paysage :
Tel, à l'abri du noir destin,
M'égayant du soir au matin,
Je mets en oubli la misère,
Et, goûtant un double plaisir,
Vole, hardi, vers l'avenir,
Dans ma course libre et légère.

Lorsque je fuis le sort jaloux,
Ma maîtresse, aimante et jolie,
A mes yeux paraît embellie ;
Ses baisers me semblent plus doux ;
Et mon cœur frémit d'allégresse,
Lorsque sur mon sein je la presse.
Quand, sorti de cachots obscurs,
Je mets le pied dans la chambrette
Témoin de notre amour discrète,
Plus joyeux, je revois ses murs.

De mes maux racontant l'histoire
A mes amis, autour de moi
Pressés comme la cour d'un roi,

J'émeus l'attentif auditoire :
Et l'amitié, ce don des cieux,
Me semble un bien plus précieux,
En recueillant chaque parole,
Qui, telle qu'un baume enchanteur,
Pénétrant jusqn'au fond du cœur,
Le réjouit et le console.

Ainsi chantait un prisonnier,
Sur l'humble lyre du poète,
De ses pensers douce interprète.
Soudain, les pas lourds du geôlier
Rendent son oreille attentive ;
Il lève sa tête pensive
Et jette autour de lui les yeux.
La clef tourne dans la serrure ;
La porte, avec un sourd murmure,
S'ouvre : il est libre, et sort joyeux.

30 août 1848.

A MA MUSE

ÉPILOGUE

—

Muse aimable, dès mon enfance
Attachée à mon existence,
Et qui m'inspiras tant de fois,

Que d'heureux instants je te dois !
Mon cœur, exempt d'ingratitude.
De ta tendre sollicitude
Glorieux et reconnaissant,
Veut, sous ton charme tout-puissant.
Dicter à ma plume légère
Les vers que je t'offre en ce jour.
Chaste vierge que je révère,
D'un idéal et pur amour
C'est le modeste témoignage.
Daigne accepter cet humble hommage.

Tu m'apparus, (j'avais treize ans,)
Sur les bancs poudreux du collége,
Simple, riante et sans cortége.
Aussitôt, livres et pédants,
A l'aspect de ton doux visage.
Me semblèrent dans un nuage
Disparaître loin de mes yeux.
L'enfant, d'un regard curieux.
Cependant t'observe en silence,
Ému, surpris en ta présence.
Il voyait un souris malin
Errer sur la lèvre charmante.
Tu t'approches ; ta belle main
Guide la sienne encor tremblante.
Tout fier de ses premiers essais,
Vite il lit ses vers imparfaits,
Et. dans sa naïve allégresse,

3

Il les relit, saute, s'empresse,
Et veut t'embrasser;...... mais hélas !
C'est en vain qu'il étend ses bras :
Tu t'évanouis comme un rêve.

Depuis lors, tu revins souvent
Visiter ton docile élève,
De l'Étude adepte fervent,
Qui, sous sa tutelle sévère,
Fit chaque jour progrès nouveaux,
Sans rechercher de vains bravos
Ni la louange mensongère.

Notre écolier, un beau matin,
Quitta les bancs, se fit marin.
Tantôt grave, tantôt joyeuse,
Dans cette vie aventureuse,
Muse, tu le suivis toujours,
En tout temps partageas ses peines
Et poétisas ses amours.

Que m'importent les basses haines,
La misère, le noir chagrin,
Les dénigrements de l'envie,
Toutes les douleurs de la vie,
Muse, si tu me tends la main ;
Si, telle qu'une tendre mère,
Attentive auprès de son fils,
Tu me consoles, et me dis :
« Courage, ô mon enfant, espère ; »
Si tu verses, dans le malheur,

Sur les blessures de mon cœur
Un baume doux et salutaire !
    Au bout d'une active carrière,
Si, pour prix de constants efforts,
Je peux, au sommet du Parnasse,
Trouver une modeste place :
Muse, tu me verras alors
Goûter une plus noble gloire
Que celle que dans la victoire,
Sur des débris encor fumants,
Moissonnent les fiers conquérants.

20 Novembre 1847.
Dans l'Océan Atlantique.

CHANSONS

LE REFRAIN DU MARIN

AIR CONNU

(Dans le service de l'Autriche.)

—

Pris pour la marine royale,
(Ce qui peu d'entre nous régale,)
Nous savons ça,
C'est d'une solde très légère
Qu'on paie une grande misère,
Tradidéra.
Amis, narguons le sort qui nous rassemble ;
A bas la bile, et répétons ensemble :
Vive l'amour, le tabac, le bon vin ;
Voilà le refrain du Marin.

Après nos trois ans de service,
Passés à faire l'exercice,

Nous savons ça,
Allons trouver le Commissaire,
Pour que bien vite on nous libére,
Tradidéra.
Quand nous aurons notre feuille de route,
Brassons grand largue; amis, filons l'écoute.
Vive l'amour, etc.

En nous embarquant au commerce,
Au bureau, d'espoir on nous berce,
Nous savons ça;
Puis, quand nous sommes en voyage,
On n'y pense plus; c'est l'usage,
Tradidéra.
Mais, par nos chants, en mer ainsi qu'en rade,
Bravons encor la fortune maussade.
Vive l'amour, etc.

De jour en jour, (c'est là le pire,)
Lorsque l'on équipe un navire,
Nous savons ça,
Sans avoir égard au tonnage,
On en affaiblit l'équipage,
Tradidéra.
Notre carrière, allez! je vous assure,
Déjà, Messieurs, était bien assez dure.
Vive l'amour, etc.

L'armateur, la main dans la poche,
D'écus voit gonfler la sacoche,

Nous savons ça ;
Pour nous il reste la misère,
Qui bientôt nous chasse de terre,
Tradidéra,
Triste logis, chétive nourriture,
Dangers sans nombre et mainte courbature.
Vive l'amour, etc.

N'abandonnons pas l'espérance :
Dans le port, nous ferons bombance,
Nous savons ça.
Nous prodiguerons les caresses
A nos sémillantes maîtresses,
Tradidéra,
Et, rondement dépensant nos salaires,
Nous redirons, entrechoquant nos verres :
Vive l'amour, etc.

18 Novembre 1847.

LA VIE DU MATELOT

Am : *Fouler le bitume.*

N'avoir en voyage,
Sur les flots, éternellement,
D'autre voisinage
Que la mer et le firmament ;

Tantôt à la barre,
Et tantôt de veille au bossoir,
Comme un vrai Lascare,
Bourlinguer, du matin au soir (1);
L'âme peu ravie,
La nuit, être de quart encor,
Oui, voilà la vie
Du matelot présent à bord.

Sur l'onde inhumaine,
Se jouer des fureurs du vent;
Supporter sans peine
La chaleur et le froid piquant;
Pour sa nourriture,
Avaler soupes et biscuits,
Et, par aventure,
Grimper en haut prendre des ris;
Et braver la pluie,
Faire des paillets, du bitord (2),
Oui, voilà la vie
Du matelot présent à bord,

Une fois à terre,
Endosser les habits bourgeois,

---

(1) On appelle *bossoirs* deux poutres placées en saillie à l'avant du navire
et qui servent à soutenir les ancres. — Le *Lascare* est un matelot indien
mercenaire. — *Bourlinguer*, fatiguer, à la manœuvre.

(2) Le *paillet* est une espèce de paillasson en corde, et le *bitord* une sorte
de cordage.

Et tout son salaire
Le dépenser, en moins d'un mois,
A courir la gueuse
Et fréquenter les cabarets,
Et, d'humeur joyeuse,
Partout s'amuser à grands frais ;
Point d'économie,
Au hasard prodiguer son or,
Oui, voilà la vie
Du matelot absent du bord.

16 Juin 1847.

LE CONGÉ

Air *des Gueux.*

—

Filons, filons ;
Adieu le service,
Adieu l'exercice ;
Gaiement voguons.

A la fin, je te possède,
O *congé* tant souhaité ;
A l'esclavage succède
L'attrayante liberté.
Filons. filons, etc.

Pauvres amis, que je laisse
A bord des vaisseaux du roi,
Vous n'y serez pas sans cesse,
Et partirez comme moi.
    Filons, filons, etc.

Désormais plus de corvée
Pour Messieurs les gouvernants ;
Car mon heure est arrivée,
Et j'ai fini mes trois ans.
    Filons, filons, etc.

Adieu, gourgane (1) *charmante,*
Et vous, petits pois si durs ;
Adieu, chère *succulente ;*
Adieu, rack et vin *si purs.*
    Filons, filons, etc.

Avec ma feuille de route,
Joyeux, je vole au pays ;
Bientôt vous irez, sans doute :
Du courage, mes amis.
    Filons, filons, etc.

18 Janvier 1847.

(1) Fève.

3*

EURUS

ou

LE VENT-DEBOUT

Air *des Moines de St-Denis.*

—

Puisque Messire Eurus (1),
En colère, sans doute,
Ne veut pas, le brutus !
Nous laisser cap en route (2) ;
Voilà qu'est bon, bon, bon.
    Il faut boire et rire,
      Oui boire, oui rire,
    Sur notre navire,
    Jusques à Bourbon.

Mes chers amis, buvons,
Et faisons bonne chère ;
Le verre en main, narguons
Ce vilain vent contraire.
    Voilà qu'est bon, etc.

Mais Eurus en courroux
Siffle, à ce qu'il me semble.

(1) Vent d'est.

(2) *Avoir le cap en route,* c'est avoir l'avant du navire dans la bonne route.

« Çà, maître vent, tout doux ! »
Et nous, chantons ensemble :
Voilà qu'est bon, etc.

Allons, joyeux propos,
Gaîté, douce folie,
Et contes et bons mots,
A table on vous convie.
Voilà qu'est bon, etc.

La pluie, en vérité,
Vient nous rendre visite.
Buvons à sa santé,
Puis, qu'elle parte vite.
Voilà qu'est bon, etc.

D'un coup de son trident,
Le mari d'Amphitrite (1)
Soulève l'Océan,
Où danse la bonite (2).
Voilà qu'est bon, etc.

L'horizon s'éclaircit
Et le ciel se dégage.
Le damné vent mollit
Et va plier bagage.
Voilà qu'est bon, etc.

(1) Neptune, dieu de la mer.
(2) Poisson de mer.

La mer tombe devant ;
La brise nous adonne (1) ;
Mettons voiles au vent :
La route se fait bonne.
Voilà qu'est bon, etc.

« Eurus, en d'autres lieux
« Transportez votre rage,
« Et recevez nos vœux
« Pour votre heureux voyage. »
Voilà qu'est bon, etc.

8 Août 1847.

SIRE FACE BLÊME

AIR *du Petit homme gris.*

—

C'était un capitaine,
Capitaine marchand,
Rataplan,
Sans fesses ni bedaine,
Plus maigre qu'un hareng,
Rataplan.
Ma foi, moi je m'en.....
Ma foi, moi je m'en.....
Ma foi, moi je m'en ris,
Et bois d'autant, pour noyer les soucis.

(1) *Adonner*, devenir favorable.

D'un saint Jean–Nicodême
Ayant face tout l'an,
    Rataplan,
De Sire *Face Blême*
Lui vint le nom plaisant,
    Rataplan.
    Ma foi, etc,

On disait le pauvre homme
Provenu d'un géant,
    Rataplan.
Aussi long que la bomme (1),
Il était bon, vraiment !
    Rataplan.
    Ma foi, etc.

C'était un triste sire,
Taquinant fort les gens,
    Rataplan.
Aussi, dame Satire
Riait à ses dépens,
    Rataplan.
    Ma foi, etc.

Quand la Mort inhumaine
Fut lui crier « Viens–t–en, »
    Rataplan,

(1) Espèce de vergue servant à une des voiles de l'arrière, plus ordinairement appelée *gui*.

Le bourru capitaine
La suivit chez Satan,
Rataplan.
Ma foi, etc.

LE BIDON CASSÉ

Air *de Gotton* de Béranger.

—

Un marin, par aventure,
Un jour, cassa son bidon.
C'était maladresse pure,
S'il faut croire le dit-on.
Polisson ! scélérat !
S'écria le potentat.
Polisson ! scélérat !
Oh ! quel horrible attentat !

Il avait fait maint voyage,
Ventre plein, sans se casser ;
Le roulis ni le tangage
N'avaient pu le renverser.
Polisson ! etc.

O cruelle circonstance !
Cet infortuné bidon
Termina son existence
D'une chûte sur le pont.
Polisson ! etc.

Capitaine *Face Blême*,
Quand le cas lui fut conté,
Gronda, cria, jura même,
Tant il en fut irrité.
    Polisson ! etc.

Un certain auteur, naguère,
A dit (et non sans raison)
Que terrible est la colère
Du noble sire Lion.
    Polisson ! etc.

Non moins terrible fut celle
Du capitaine marchand.
Le porteur de la nouvelle
En pâtit, quoiqu'innocent.
    Polisson ! etc.

Comme il était au passage
Et se trouvait sous sa main,
Il sentit sur son visage
Un soufflet tomber soudain.
    Polisson ! etc.

En se frottant la figure,
Sans en attendre un second,
Il s'enfuit, je vous l'assure,
En courant, jusqu'au faux-pont.
    Polisson ! etc.

Du temps détruire est l'affaire :
La colère se passa.
Feu Bidon était de terre ;
Un de bois le remplaça.
Polisson ! etc.

WISTITI

ou

LE SINGE MALFAISANT

Air *du Roi d'Yvetot.*

—

A bord d'un certain bâtiment
    D'un aspect fort bizarre,
Était un singe malfaisant,
    D'une espèce très rare,
Et que, s'il n'eût tenu qu'à moi,
De Bornéo l'on eût fait roi,
        Ma foi !
Oh ! oh ! oh ! oh ! ah ! ah ! ah ! ah !
Quel animal que celui-là !
        La, la.

Il buvait clair à ses repas,
    Mais faisait bonne chère :
(En un clin d'œil vider les plats,
    Tout singe le sait faire.)

Ah ! c'était un fieffé gourmand,
De dessert et mets succulent
                    Friand.
Oh ! oh ! oh ! oh ! ah ! ah ! ah ! ah !
Quel animal que celui-là !
                    La, la.

Il copiait du Commandant
          Les gestes et l'allure.
On eût dit un portrait frappant,
          Un portrait de nature.
Pour contrefaire, oh oui, vraiment !
Notre singe avait un talent
                    Fort grand.
Oh ! oh ! oh ! oh ! ah ! ah ! ah ! ah !
Quel animal que celui-là !
                    La, la.

D'un naturel malicieux,
          D'une humeur inégale,
Il n'était humble et doucereux
          Qu'avec Monsieur Raffale.
Il était sournois, médisant,
Pour tous, de l'arrière à l'avant,
                    Piquant.
Oh ! oh ! oh ! oh ! ah ! ah ! ah !
Quel animal que celui-là !
                    La, la.

Son nom, qu'il a couvert d'honneur,
    Passera d'âge en âge,
Et, grâce au ciseau du sculpteur,
    Survivra son image.
A la proue on l'exposera.
Tout le monde qui la verra
    Dira :
Oh! oh! oh! oh! ah! ah! ah! ah!
Quel animal que celui-là !
    La, la.

LE CHANT DU VOLONTAIRE

AIR CONNU.

—

Amis, pour la France,
Courons aux combats,
Et, pour sa défense,
Offrons-lui nos bras.

Allons, Volontaire,
Partons pour la guerre ; (bis)
Quittons le pays.
Allons, Volontaire,
Partons pour la guerre ; (bis)
Quittons nos amis.
Partons, partons ; quittons le pays.
Partons, partons ; quittons nos amis.

Volons à la gloire,
Sur le sein des eaux ;
Bientôt, la victoire
Suivra nos drapeaux.
Allons, etc.

Maîtresse chérie,
Sèche tes beaux yeux ;
Cède à la Patrie
Ton tendre amoureux.
Allons, etc.

Mais déjà la terre
A fui loin de nous,
Et la France entière
A les yeux sur nous.
Allons, etc.

24 Juin 1848,

BON VIN, FILLETTES ET TABAC

AIR CONNU.

—

Moi, le bon vin me met en veine,
Et, quand j'en bois avec ardeur,
Je ne vois plus la vie humaine
Qu'à travers un voile enchanteur.

Près de moi le bonheur séjourne,
Et je suis plus heureux qu'un roi,
Lorsque tout tourne, tourne, tourne,
Lorsque tout tourne autour de moi.

J'ai toujours aimé les fillettes,
Joli visage et frais appas,
Et, dans toutes mes amourettes,
Le plaisir me suit pas à pas.
        Près de moi, etc.

Et toi, ma pipe bien-aimée,
Tu me consoles, me distrais ;
Et, quand j'exhale ta fumée,
Je fais des rêves pleins d'attraits.
        Près de moi, etc.

                    Décembre 1846.

MA BRUNETTE

AIR CONNU.

—

Oui, j'aime une jeune fillette,
Qui chante, du soir au matin,
La romance ou la chansonnette,
Et fredonne le gai refrain.
On se plaît surtout à l'entendre,
Et sa voix douce porte au cœur,

Quand elle chante l'amour tendre,
La bienfaisance ou le bonheur.

Viens, ma gentille brunette,
Viens dans ma chambrette
Jolie et discrète,
Viens, ma gentille brunette,
Au sein des amours,
Passer d'heureux jours.

Des cheveux noirs comme l'ébène
Ombragent son front si charmant.
Mon doigt, qui les effleure à peine,
S'émeut d'un doux frémissement,
J'aime à la voir à sa toilette,
Sur son miroir fixant les yeux,
D'une main mignonne et coquette,
Former ses deux bandeaux soyeux.
            Viens, etc.

Ma brune est accorte et gentille ;
Sa figure est pleine d'attraits ;
Et, comme un rubis, son œil brille.
Embellissant encor ses traits.
Sa taille est fine et fort bien prise ;
De la rose elle a la fraîcheur ;
Et son visage s'harmonise
Avec la bonté de son cœur.
            Viens, etc.

                    3 Septembre 1848.

AUTREFOIS

Air de Monsieur et Madame Denis.

—

Ce fut en juin que mon cœur
Vous déclara son ardeur.
Vous me dîtes, en riant,
   Souvenez-vous en :
« Vous ! brûler pour mes appas !
« Non, non, je ne vous crois pas. »

L'Amour au regard de feu
Nous maria devant Dieu.
Ce fut un bien doux moment,
   Souvenez-vous en,
Quand votre virginité
Périt dans l'obscurité.

Nous étions jeunes, tous deux,
Et, tous deux, bien amoureux.
L'heure fuyait lestement :
   Souvenez-vous en.
Le plaisir et les amours
Font le charme des beaux jours.

Le chagrin et les soucis
De chez nous étaient bannis ;
D'un bout à l'autre de l'an,
     Souvenez-vous en,
Nous bravions avec gaieté
Les maux de l'humanité.

Que j'aimais de vos cheveux
Les bandeaux noirs et soyeux,
Et votre souris charmant,
     Souvenez-vous en,
Votre petit pied mignon
Et votre double menton !

Que j'aimais vos jolis yeux,
Votre air vif et gracieux,
Et le contour séduisant,
     Souvenez-vous en,
D'un beau sein, qui s'agitait
Sous votre élégant corset.

Vous disiez, soir et matin,
Un touchant ou gai refrain.
Que vous chantiez gentiment !
     Souvenez-vous en.
Votre voix, par sa douceur,
Allait jusqu'au fond du cœur.

Nous sommes vieux. aujourd'hui ;
Amour et plaisirs ont fui:
Jadis, c'était différent,
    Souvenez-vous en.
Néanmoins, consolez-vous :
L'Amitié reste avec nous.

13 octobre 1848.

LA JUSTICE AU THERMOMÈTRE

AIR : *Dieu n'a pas dit.*

—

Pour attributs, suivant l'usage antique,
THÉMIS avait et *balance* et *bandeau :*
Aux Monarchiens, sous cette République,
A toute force, il fallait du nouveau.
Un sieur *Goulard*, ministre passé-maître,
Pour ses arrêts invoquant les *climats*,
Entre les mains lui met un THERMOMÈTRE.
Avis au juge ainsi qu'aux avocats.

En un chef-lieu qu'il faut tenir en bride
S'il est besoin d'envoyer un préfet,
C'est, dans son choix, le *climat* seul qui guide
Ce bon ministre, inventeur à brevet.
Que les Conseils avec la Préfecture,
Sur quelque point, un jour, soient en débats :
Il s'en réfère à la *température.*
Avis au juge ainsi qu'aux avocats.

Au sud, au nord, que d'ardents journalistes,
Par aventure, aient commis un écart :
Républicains ou zélés royalistes,
A chacun d'eux le *climat* fait sa part.
Selon les lieux, indulgente ou sévère,
A des jurés, ou bien à des soldats,

4

L'Autorité livre le téméraire.
Avis au juge ainsi qu'aux avocats.

Quand des *saisons* et de la *latitude*
Tel est le rôle auprès des Tribunaux,
Aux gens de loi qu'on impose l'étude
De la physique et des points cardinaux.
Pour discerner s'il te faut, ô JUSTICE,
Appesantir ou retenir ton bras,
Le THERMOMÈTRE est un nouvel indice.
Avis au juge ainsi qu'aux avocats.

Roquevaire, 12 Avril 1873.

LE JARRON CASSÉ

—

Certaine dame acariâtre,
Habitant certaine maison,
Tonton, tonton, tontaine, tonton,
Professait un culte idolâtre
Pour son vase et pour son jarron,
Tonton, tontaine, tonton.

Je crois qu'elle en eût fait son verre,
Pour contenter sa passion,
Tonton, tonton, tontaine, tonton.
Jamais tant nourrice ni mère

Ne chérirent leur nourrisson,
Tonton, tontaine, tonton.

Même une rumeur mensongère
Dans le quartier courut, dit-on,
Tonton, tonton, tontaine, tonton,
(La chose est vraiment singulière,)
Qu'elle le prendrait pour coiffon,
Tonton, tontaine, tonton.

Un jour, un maudit locataire,
Au couloir trouvant son jarron,
Tonton, tonton, tontaine, tonton,
Autorisé du Commissaire,
Le brisa sans rémission,
Tonton, tontaine, tonton.

La dame, en sa douleur amère,
Versa des larmes à foison
Tonton, tonton, tontaine, tonton.
Je tiens même d'une commère
Qu'elle en a perdu la raison,
Tonton, tontaine, tonton,

Marseille, 5 Septembre 1856.

LE CHANT DU MOISSONNEUR

—

L'aurore poind à l'horizon :
Debout, enfants ; que l'on s'empresse.

Entonnons un chant d'allégresse :
C'est un beau temps pour la moisson.

Accourez vite ;
L'air frais et doux
Au travail nous invite.
Tous, armez-vous
De vos faucilles.
Partons, amis ;
Les blonds épis
Sont l'espoir des familles.

Les blés sont mûrs : que sans délais
On entasse gerbe sur gerbe ;
Puis, joyeux, nous irons sur l'herbe
Goûter le repos et le frais.

Accourez vite ; etc.

Tout en fauchant avec ardeur,
Enfants, pensez à la glaneuse :
La charité rend l'âme heureuse ;
Dieu bénit le bon moissonneur.

Accourez vite ; etc.

Quand le soleil à son déclin
Du retour aura marqué l'heure,
En regagnant notre demeure,
Nous redirons ce gai refrain :

La nuit est belle ;
Filles, garçons,
La danse vous appelle.
Vite, rentrons
Gerbe et faucilles.
En route, amis :
Les blonds épis
Sont l'espoir des familles.

13 Mai 1865.

LE REFRAIN DU VENDANGEUR

—

Allons, allons,
Filles, garçons !
La vendange, c'est une fête.
Allons, allons,
A la cueillette !
La cuve est prête :
Venez, garçons,
Venez et foulons.

A chaque vigne,
Que l'on s'aligne,
Et qu'on se charge de raisin.
Vite à l'ouvrage,
Et bon courage :
Nos grappes feront du bon vin
Pour l'an prochain.
Allons, allons, etc.

4*

Que, sous la treille,
Mainte bouteille
Se vide en joyeux comité.
Ma ménagère,
Remplis mon verre,
Et qu'un toast, amis, soit porté
A sa santé.
Allons, allons, etc.

Belle jeunesse,
De l'allégresse
Secouez les bruyants grelots.
A la bombance
Mêlez la danse,
Le jeu, les chants, les gais propos
Et les bons mots.
Allons, allons, etc.

Rieuses troupes,
Au fond des coupes
N'enterrez point votre raison ;
Car, sans conteste,
L'excès funeste
Du plaisir, en toute saison,
Est le poison.
Allons, allons, etc.

22 Juin 1865.

LA CUEILLETTE DES OLIVES

—

Pan pan pan pan, frappez dur ;
Visez tous d'un coup d'œil sûr ;
Pan pan pan pan, abattez les olives.
Et vous, que vos mains actives,
A l'entour des oliviers,
En remplissent nos paniers.
Hâtons-nous : la journée est belle ;
Profitons-en.
Qu'elles tombent comme la grêle ;
Pan pan pan pan.

Olivier au pâle feuillage,
Symbole de la douce paix,
Les poètes ont, d'âge en âge,
A l'envi, chanté tes bienfaits.
Pan, pan, pan, pan, etc.

Sous l'homme, force intelligente,
Le pressoir de tes fruits nombreux
Tire des flots d'huile odorante,
Au goût exquis et savoureux.
Pan, pan, pan, pan, etc.

En perdant sa nature amère,
L'olive encor, grâce aux apprêts

Inventés par l'art culinaire,
Offre un agréable entremets.
    Pan, pan, pan, pan, etc.

Bel olivier, ton vert feuillage,
Par la froide bise agité,
Présente à notre âme une image
De sa propre immortalité.
    Pan, pan, pan, pan, etc.

Aux bords où s'élève Marseille,
Arbre charmant, les blonds épis,
Les ceps à la grappe vermeille,
Te voient leur disputer le prix.
    Pan, pan, pan, pan, etc.

                    30 Octobre 1865.

RONDE MONTAGNARDE

(Musique de A. de Beauplan).

—

L'ombre déjà, bergers et bergères,
    Croît sur les coteaux.
Le jour fuit; tous, rassemblez vos troupeaux.
    Tendres agneaux,
Allez retrouver vos mères;
    Tendres agneaux,
    Retournez aux hameaux.

Tout le monde,
Après souper, gaiement va prendre part
A la ronde,
La ronde du Montagnard.
Dans la plaine,
Nous formerons la chaîne ;
Filles, garçons,
Danseront aux chansons.

Canderic, 14 Mai 1868.

FIN.

TABLE DES MATIÈRES

FIN DE LA TABLE.